昭和四十三年七月

春想

真喜屋仁

指先で探るたまゆら大きバラの
花びら一つほろりと落ちぬ

はじめに

沖縄出身の真喜屋仁（本名・真喜屋実蔵）氏は、終戦後まもない昭和二十二年、九歳の時に、もてあそんでいた不発弾が暴発し、失明した。当時の沖縄にあっては、珍しくない事故であった。失明当時、父はすでに戦死しており、砲弾で破壊され、傾きかけた家の中で、母、兄、妹とともに過ごすのだが、時たま人が訪ねて来たりすると、急いで物陰に隠れてしまったという。母、兄の話によると、もともとやんちゃで利発であった真喜屋氏だが、なぜか幼いながらに、失明したということをひどく恥じていたらしい。

当時、沖縄には盲学校はなく、家にあって兄実一氏が失明した弟にいろいろな本を読んで聞かせた。そうした中で、小学生であった真喜屋氏が最も好んで耳を傾けた作品が、ホメロスの叙事詩やギリシャ神話、ダンテの神曲などであったという。小学生のころからのこうした文学趣味は、そのままこの作品集にもよく表れているところである。

昭和二十六年八月、待ちに待った沖縄盲聾学園が開校した。真喜屋氏はすでに十二歳、小学校を卒業する年齢ではあったが、改めて一年生から入学し、点字の勉強から始めることになった。点字を覚えてからの真喜屋氏は、まさしく水を得た魚の勢いで、多くの文学作品を吸収し、かつて兄実二氏にしてもらったように、よく下級生を集めては、本の読み聞かせをしていた。また、中学生の時に作った短歌「指先で探るたまゆら大きバラの花びら一つほろりと落ちぬ」は地元新聞のコンクールで入賞している。

中学部卒業後は本土へ渡り、京都府立盲学校高等部普通科を経て、沖縄出身の全盲生として初めて早稲田大学への入学を果たした。ようやく本格的にあこがれの文学を勉強する環境を手に入れたわけだが、大学生活はそう順調ではなかった。

点字の教科書はもちろん皆無であり、もっぱら講義を聞いてはそれを点字で書き取るという方法の勉強であった。試験はほとんどがレポート提出によるもので、点字のレポートを人に頼んで普通字に直して提出した。しかし、例えば国語学の授業などでは、方言地図が読み取れないというだけの理由で、単位をもらうことができなかった。一方、漢文の授業では長恨歌を全文暗記して試験に替えるというようなこともあった。経済的にも絶えず不如意で、当時集団就職で名古屋に働きに来ていた妹に、たびたび生活費の無心をする手紙を送っていた。

こうした生活の圧迫から、大学生活の後半は精神的にも追いつめられることが多く、被害妄想に取りつかれて、病院に入院することもあった。ある時、「こんな具合だから、もうだめですねえ。」と言って、筆者にある点字の文章を持ってきて見せてくれたことがあった。「密書」と題したその文章は、精神に変調をきたした時に書いたものであったという。魯迅の「狂人日記」さながらの荒唐無稽な文章で、魯迅の作品が人肉を食うという話であるのに対して、真喜屋氏のこの時の文章は、一家の生計の支えである沖縄のわずかな土地が、誰かれの陰謀によって乗っ取られようとしているといった内容のものであった。おそらく、乗っ取られるかどうかはともかくとして、郷里におけるそうした財産の心配なども精神的圧迫の一要因としてあったのであろう。この歌集の後半のほとんどを占める難解な作品群は、こうした時期に書かれたものである。

昭和四十三年八月十五日、真喜屋氏は自らの意志でその生涯を閉じた。その日が終戦記念日であったことから、マスコミ各紙は一斉にこれを戦争犠牲者である沖縄青年の抗議の死であると報じた。

戦争は、確かに真喜屋氏の人生の大きなテーマであって、この作品集にもそれは色濃く表れている。しかし、真喜屋氏の戦争に対する姿勢は、決して高らかに反戦思想を謳うといった政治的な要素は含んでいない。その姿勢は、戦争の不条理を冷徹に見つめ、不条理に翻弄される人間の命の弱さ、はかなさをそのまま謳ったという風なものである。自らがその戦争の不条理に翻弄された自分の生涯を顧みて、終戦記念日というこだわりの日に生涯を閉じることにしたのは、真喜屋氏の、自らの命に対するこだわりでもあったろう。

この歌集は短歌に長歌を交えるといったいささか古風な構成を取っている。これも、古典好きな作者の意図的な構想に基づくものである。生前作者が語るところによれば、いずれの作品も実際の見聞をそのまま綴ったもので、まったくのフィクションはないということであった。長いまえがきとなったが、わずかな材料でも鑑賞の一助になれば幸いである。

（監修者・塩谷　治）

監修者から

集中の作品は、故真喜屋実蔵氏が書かれたものに、沖縄盲聾学園時代の真喜屋氏の恩師宮城康輝先生が校閲してくださったものを採用した。

原文は点字であるが、墨訳（点字を普通字に直すこと）にあたっては、生前に作者から聞くことができず、どのような漢字を当てるべきか判断に迷う語については、ひらがな書きとした。特に「ゆめどこ（意識の流れ連作）」については、作者本人からの注釈はなく、難解な歌が多いことから、すべてひらがな書きとした。

書名の『春想』については、集中の歌に出てくる「春草」ではなく「春想」にして欲しいという作者の注釈があった。

目次

春

たまさかにたまゆら響くたまあられ読みかけし書知《ふみ》らずなりたる

年ごとに鋭くなれるわが指の文字見るごとく読みすすみゆく

ふくいくたる春草に寝て我は聞く今あめつちのときめく声を

髪長く可愛き従妹《いとこ》こぎつねの銀の毛並みの風の装い

指先で探るたまゆら大きバラの花びら一つほろりと落ちぬ

春眠の指とどこおる文字の上にこその形見か押し花一つ

やおら立ち席を譲りし乗客の残り香ありて温かきに触る

いつとなくまた何となく忘れいし新道《にいみち》におうこの夕べかな

あしおと

夕されば街に散りゆくあしおとのさまざまの夢おのおの響く
響きたつおのがあしおと身にしむ夜口笛ふけば涙ながるる
あしおとは隠すすべなし走りつつ盲児らそれぞれに鬼を呼びあう
まどろめば机のかなたの夕月夜窓にたたずみ去りゆく気配

親切なやぎのほめきの無口なる老婆導く草履のあしおと

夜の道の重きあしおと過ぎ行きてためらうわれのあしおとを追う

名月に笛吹けば　ほか

六つの穴わが吹く笛の音すみて青葉がくれの公達あはれ

雄めじろ声こそよけれ誇らかに高くさえずりすずしくささめく

カラス

浅緑果てなき空の朝の夢響き渡りてカラス鳴き行く

冷えすさびしぶとく黒く大いなるいのちのカラス空に羽ばたく

黒き足あゆみをやめて黒き嘴ついばみ羽ばたくピエローのカラス

黒々と枯れ田をうごめく群れガラス一斉に羽ばたき飛び立ち鳴き去る

夕焼けに心を染めて空の底の高山の峰カラスただよう

バラに寄す

わが愁い誰にか告げん
ひたぶるに胸の奥処《おくが》にうち秘めし
恋の炎と燃えあぐる
金のともしびほの白く
いのちの春の朝ぼらけ
夢路に迷う心地して
かの森の辺の岩陰の
恋の泉のま清水を
掬《むす》びし心の青空に

そのみ姿は春山の
霞の衣《きぬ》につつまれて
ひそかに魂《たま》会《あ》う折々は
天《あま》の調べかバラの香か
亡びの影にやさしくも
笑む汝がまみとささやきつ
薄きえにしと知りながら
み空の星かうたかたか
触れも見で散る花々を
永遠に恋うこそ悲しけれ

反歌

わが歌はバラの吐息か若き日のくれないの夢慕い続ける

初恋の心に染めし君なれば日ごとに愛《は》しき夜ごと苦しく

恋の悩み知りそめし夜ぞひとしずくの白露宿し野バラはにおう

沖縄戦線

まかがよう青きみ空
海原の珊瑚の島
でいご咲きせんだん匂う
南《みんなみ》の守礼の国に
大いなる悲しきためしぞ
忌まわしき嵐は吹ける
悲しきは世のさだめかな
前世よりの深き恨みか
たくらみか或るは怒りか

同胞《はらから》が血で血を洗い
くずの花踏みしだきつつ
罪びとの堅きくびきに
いとにがき涙絶えねど
あれ見よや　禍《わざわい》　なるかな
悪の鳥偵察機来て
たちまちに雲に隠るる
日の丸の翼広げて
飛行場飛び立つ間にも
四・五十機のB二十九
鷲のごと空より襲い

百雷の電光石火
大空に追いつ追われつ
もつれつつ相争いて
翼折れ胴は引き裂け
炎吐き身もだえしつつ
墜落し或るはとびこみ
高射砲機銃爆弾
空に塔に陣地にビルに
ここかしこ炸裂崩壊
火の海に視界は没し
黒煙に天は覆われ

十重二十重連盟軍の
大艦隊島を囲みて
島揺るがす艦砲射撃
地形は変じ
那覇の湯に軍艦うち寄せ
兵の群上陸す
爆音にしじまは破れ
探海灯闇をまさぐり
潜水艦船尾に忍び
波を切り肉弾突入
嵐呼ぶ銀河の編隊

大和おのこわれ立たずんば
御国まさに亡びゆくべしと
首里へ首里へと進み行く
恐るべき破壊のこころ
白熱化しかつ激突し
火を吐く銃飛び散る弾丸
血と肉片うめきと叫び
るいるいたる死者の残骸
その中を戦車横行す
あさましき現《うつつ》にあれば
おびただしき羊の群れか

避難民ら集まり散じて
ゆく道におそれ戸惑い
吾子求めて母死にゆけば
母を慕い幼子さまよう
井の中に生首は落ち
はらわたは草木にかかり
おちこちに老若男女
病死　餓死　焼死　負傷死
あまた人御霊《みたま》となるに
ふた筋の忠孝を胸に
女学生の前線に立ちて

傷つきて倒れし兵を
手当せし
ひめゆりも散り
奮い立てど玉の緒つなぐ
食も武器も今は尽きはて
いざともにうち死にせんと
失える郷土を守り
健児らも玉と砕けぬ
血と泥にまみれし兵ら
疲れたる足も乱れて
銃を肩に黙して進む

ますらおよ何を思うや
山河のかのふるさとの
ちちははか妻か子供か
わが命まさきくあらば
またも見んと祈るぞあわれ
そが上にはやぶさのごと
グラマンの低くとび来て
死の影を落として去りぬ
一個師団全滅すれど
嘆けるは草吹く風と
夜な夜なの月ばかりなり

悪臭に銀蠅たかり
醜くもふくれし死体は
うじむしの餌食になれる
はかなさは身にこそ来つれ
白骨は風雨にさらされ
飯盒も鉄のかぶとも
銃も剣もやがて朽ち果て
南国の真夏の草に
ますらおの夢は残れる

反歌

人知れずますらお寝《いぬ》る枕辺に花こそ匂え鳥こそ来鳴け

ますらおの血潮に染めし地にしあれば赤き花にぞあわれはしるき

（南部戦跡を巡りて）

光ひと筋に

われかつてかの大戦に両親を
失いてより天涯に孤独の身とは
なりぬれど戦後間もなくテントにて
小学生を教えしが職員も生徒も
教材は言うに及ばず鉛筆も
ノートもあらずみじめさは日々の食にも
事欠きて垢に汚れしぼろをまとい
痩せに痩せたる子供らは学校にすら
え通わず群れて餌狙うカラスめいて

米兵舎などに行き集まりギブ・ミー
プリーズを口々に
戦果と称し物を盗み

不発弾かつもてあそび傷つきし事件
跡を絶たず朝な夕なに胸を傷めき

されどわが身にも人生の
うるわしき春は訪れてひとりの娘と
あいそめて永遠の契りを堅く結び
貧しき中にも幸多きスイート・ホームを築きたり

妻も同じく身寄りなく気だて優しく
なさけあり美人とは言えねど垢抜けして
みずみずしくてありければ
牧港なる米軍のピーコックスに
勤めし折多くの兵士に言い寄られ
つきまとわれて窮せしとう

神の恩寵公平にわれらの上にも
垂れ給えば愛の結晶を賜りて
幸いこよなきと見えつれど
あな悲しくも恐ろしき花の下にぞ

とぐろ巻き蛇待ち受ける
秋風のそぞろ身にしむ草叢にすだく
虫の音うらわびしき宵月夜のほど
旧友の結婚式に招かれて酒宴たけなわ
かつ歌いかつ舞いはなやぎ
酔いしれて胸も苦しくめくるめけば
しばしうち伏して我を忘れ
ほど経て起くれば真闇にて
身の在りかだにはかられず夢見心地に
ありけれどあたりの気配賑々し
いぶかしければつと立ちて由を告ぐるに

人々も驚き騒ぐ

ここにわれ身の一大事にうち倒れ
気を失いにける

その頃は物資乏しく酒の類
さらに足りねばメチールのアルコールをば売り歩く行商人《あり》あり
おちこちにぞ悲惨事絶えざる

知らせを受けわが愛し《は》妻は病室に
まろび来りてあな悲しわが顔見えずや

愛し児を間近く寄せて
いかにせん妻子も知らずやとよよとばかり
くずおれて泣きぬ
されどなお一縷の望みを捨てかねて
藁をもつかむ思いして有名無名の
眼科医をことごとく尋ねしが
夢すべてうたかたと消え
一家みな家にこもりて嘆きつのり
涙も枯れ果て重苦しき沈黙ぞ守る
乳呑み児を持てる身ゆえに

妻もまた職を得ざれば
恐ろしき破局待つのみ

天も地も光もともに眼前より
無限の闇にうち呑まれ

生くる心地も有らばこそあまりのことに
幾そたび身をばつねりて確かめつ
この身の定め夢ならねば
今は光こそ恋しくて来し方のみぞ
しのばるる

雨しと降る夜もすがら
妻のすすり泣き聞こえしが明くる日出でて
帰らざりき

めぼしき品は売りにしかタンスを見れば
底尽きて食い物とてはさらになく
門《かど》に立ち出でて妻を待てど
冬の日入りて風寒くうつろの
室《しつ》はひそまりて物音絶えし真夜中に
捨て残されし幼な児は飢えにかつえて
泣きうめき抱きあやせど甲斐もなく

不運に加うるこの仕打ち
気も転倒し狂乱し髪をばむしり
指を噛み床ふみ天突き恋まろび
かつ絶叫し悶絶し
妻をば憎み親を怨み
仏を汚し神を呪いなお泣きわめけば
児をつかみ逆さまに挙げ振り回し
また抱きてぞ頬ずりして悲涙を流しぬ
愛し児の行く末だにも知られずして
思いあまりて決心しこれを限りと
勝手より包丁持ち来て

幾たびか刺さんとすれど手も震え
心も乱れ取り落としぬ
気を取り直し振り上げて突かんとするに
あなや待てと手をば押さえて泣く者あり
いかなる故かは知らねども世に浅ましくも
恐ろしき神の掟にそむくとは
その声聞けば妻にあらず
そは誰が神ぞ誰が掟ぞ
光よりほかには神はなく
闇よりほかには悪魔なし
神われを捨つ常闇に生くるすべなし

女《おみな》言うあな傷ましき身の上かな
主よみ恵みを与えたまえ
泣きつつ祈る声音には
まことの響き満ち満ちて
聞くわが胸を打ちたれば
ここにわれらは語り合いぬ

彼女は隣の裏部屋にて
久しく病みて臥し居れど
赤子のうめき部屋の騒ぎ常にあらねば

床を起き出でて来たりしとう
彼女は田舎に生い立ちて
娘盛りとなりぬれば
さるべき人と契りしが
結婚の日に式場に
黒人兵ども乱入し
銃を構えて釘付けにし
花嫁なりし彼女をば親戚知人の
前にてぞ辱めける
ひとたびは身を投げんとしつれども

ひとりの弟がいとおしく
ついには村を打ち捨ててコザヘコザへと
来たりしが職を求めどえ探せず
万事に窮しそのあげく
売春婦へと落ち込みぬ
恥も苦しみも命さえも
弟のためと思いしを
悪の沼にぞ沈みゆき行方も知らず
なりにしとう

同病たがいに相憐れみ

涙にくれぬ

時しもまた幼な児泣けば
彼女はつと部屋に帰りて
父と子にミルクと粥を作り来ぬ
げに嬉しきは人の世のあつき情けぞ
しかれども程なく彼女は昇天し
忘れえぬ人となりにしがその励ましは
わが心にいのちの炎《あと》を与うれば
吾子を背負いて乳を求めかつ火の車の
営みとて市場に通い細々と

商うことをぞ覚えける
あてなき闇路を杖に頼り物と鉢合わせし
溝に落ち車の音に身も縮み
宙をさまよう思いしてよろめき歩む
道すがら人のあざけりに涙をのみ
人の憐みに胸を傷め
髪は白くぞなりにける

ある春雨のしげく降る夕やみ迫る
帰り道につと寄り添いて歩みつつ
傘さしかけし人あれば礼をのぶるに

いらえもなく取りしその手のうち震え
耐えかねしごとく忍び泣き
あわれわが君よ罪深きわれを許しませ
おのれのみかくはあらんと遁れつる
この心根のあさましさよ
深く恨みし妻なれど怒りもややに
静まればおのが定めぞ悲しくて
幸せなるやといたわりつ

日も夜もあらず父となり母となりつつ
手さぐりに食事を与え着替えをさせ

ともにぞ幾日くらしける
よしや憂き目を見ようとも
愛し児抱くこの幸を
常闇の雲も隠し得ず

反　歌

幾久しく幸多かれとひたすらに祈りつつ綴る心の友に

母

わが胸に時に温かく
わが胸に時に冷たく
美しく永遠《とわ》にひなびし
母のその御手

反歌

めしいしをわが悲しみて朝な夕なさいなみし母よはやも老いにき

友への手紙

ふるさとは尾花吹雪くか
ネオン・ビル暖かからじ
戦いの傷を残すな
基地のわが島に

反　歌

冬されば海は底より音立てぬ祖国復帰の声とこそ聞け

心のアルバム　その一

弾薬船天地をゆすり真青なる昼の遠空はがねに引き裂く

戦車過ぎ兵隊が列とひた走る軍犬の息赤き舌見ゆ

訪れば金平糖と乾パンの袋たずさえ来し兵隊いかに

夜の海はるかにえんえんと空染めて石油船燃え村ひそまりぬ

首のなき兵拾わるる黒潮にぬれしインクの手紙「花」とありき

父の膝にて揺り起こされて見し映画の手紙破りし兵の泣き笑い

日の丸をわが描き染めし歪みを悔い村より送りし新兵の手よ

まろやかに吟じて剣ともしびにひらめき切りぬ兵のその帯

抱《いだ》き上げ吾子よと笑いて友に見せし汗と油くさき青髭の兵

千代紙を切りて折鶴三つ四つ手早く折りて兵われに呉れぬ

機首に似し高きハンドル回し回し激しき訓練逆さまに立つ

爆音に目覚めてみれば灯る八機夏の夜空行く窓をよぎりて

ケースより弾抜き込めて衛兵が鷹射落としぬ青空落ち来

おどけたるしぐさ悲しげに黒き角《かく》の火薬に火をつけ兵蟻を焼きぬ

愁いの眼そむけて兵はゲートルをていねいに巻きまた巻き直す

寝ころびて写真を見つめ手紙読みまた写真見る二つ星の兵

たわむれにわが腰に剣差してみて合格と言いて笑いし兵よ

心のアルバム　その二

山あざみつめば銀翼四機飛翔黒煙吐き吐く 苗栗《びょうりつ》の油田

防空壕豪雨に満ちて胸浸す立像の視線しずくに集めて

朝霧の生理的恍惚鹿のごとく稲束山に戯れし子ら

夜祭の種々なる催し爆竹鳴り赤ちょうちんのゆらゆらおぼろ

南国の真夏の天地ひそまりてねっとり藪に蛇ら動かず

大いなる握り飯兵は黙し食べこぼち食べ御下賜の煙草吸い捨つ

鋭鎌《とがま》さす色浅黒き従兄なりきかの見納めの兵隊の闊歩よ

すみのえのガスの沖合響かせてたちまち迫る大き飛行機

畑ひらけ忽然と担架眼下にあえぐ白きは日覆い帰郷《こく》の車窓

祖父も祖母も母も叔父叔母も涙しぬともしび揺れてかすみたる父よ

手りゅう弾で父は倒れぬ皆の写真胸に抱きて名を呼び死せしと

具志頭《ぐしかみ》なる白水川の八重滝つ瀬父蕗の葉に受く陽に白玉の水

さびしき日沖合はるか朝明けて海に陽出ずるを兄と眺めぬ

父亡きが悲しきときは磯に出で網の生魚のうたるを眺めぬ

鳴く千鳥海は寒かろせつなかろ家路を急ぐ沖にともしび

かの巡査婦女誘拐の車止めおのがガンにて撃たれ死せるなり

白きシャツわき毛見ゆるを恥らいし金髪碧眼のうら若きセーラー

火のごとくウイスキー飲みつつ大きマリン鋭利なナイフで幹削り居りぬ

デッキの上に立ちているいと青きニグロの病兵鋭く陽見上げぬ

閉鎖され精薄の盲児ゲンなかりき好奇はげしきに成人し行く

いつの間に慣れし手つきしてリンゴ剥きめしいの女子は接待をする

帯広と聞けばなつかし心なんよき人にぞ知る雪も見ざれど

とび色声すず色の声黄なる声どす黒声の心の鐘の音

秋夜に

ふと目覚め屆間の罪の
傷口に熱き涙を
そそぎつつ鋭き傷みぞ
渇えんとわが記さんか
明日のページに

反歌

思い悩み空眺むれば見えぬ目にうつろの月の鈍き影差す

こおろぎよ御使いとなりてめしいたるわが枕辺にソロ弾けよかし

流氷

遍歴の夢の亀裂に
干からびてかつ鋭かる
流氷の無数の心か
寒々と開け身にしむ
燦然たるオーロラ、ボリエイリス
マンモスの疑惑の幕に
巨大なるつぶしのミキサー
青き実は青きワインに
赤き実は赤きワインに

西向けどせんかたもなく
東《ひんがし》に向けどむなしく
風の声歌と流れて
観客の満ち満つ前に
ハムレットのかの亡霊の
なまなましき輪下の告白
不純なる嫌悪のハイエナ
あざ笑い廃屋出で入り
剣《つるぎ》もて追えど甲斐なく
メドゥーサと金の牡牛の
たくらみの将棋を打ち来

神話ならぬ現実の身話
露しとど陽もさわやけく
揺さぶりみ重み確かめ
すずなりの枝の果実に
生活の充足見まほし
あくがれは残骸海雪《かいせつ》の
無機物の過去のまぼろし
あてどなく太陽のもとに
息をひそむる胸に寄せ返す
荒き波、　波よ

短歌

神を捨て生けるわれらの源の神秘の光立ち向かい見ん

カミソリの鋭く冷たき光ありなど行かざらん世の開く道

石上《いしのえ》に蒔かれし種の悲しみは帰るすべなき春とも歌える

主よ御教えを心の掟と見なす身の罪咎めませば世ぞ難からじ

罪ゆえにかくわがありと声ぞする知恵の弓引く限りある身の

蛇の舌胸の奥なるカイオスの静けき祈りに泡吹きやまず
闇の眼無数の武器研ぐわれも研ぐこれぞ地の法《のり》ひじりも説けば
日々はこれ氷ぞ蝶は禁断の木の実を喰らえ戦いの場に
身を刺しし生と死の矢のしびれにてしばし枝折《しお》りゆく毒あざみ花
いち早く我《が》に目覚めゆくコロイドの正体のなき夢のからにて

黙す孤独の人ごみ分けて降り昇る高層ビルに数読《すう》む夢見き

わが胸に子ら走り来て波のごとポーズひとつに凍る夢見き

わが立てば荒岩山の大滝より神々しくも水落ちとよむ

消費すも快かりき五十円結句たばこ買いむなしさを楽しむ

なつかしき大地の母の乳汁《ちちじる》のげに嬉しきかリンゴを食《は》めば

疲れたる声に人魅す女教師の眠り薬の花のまどろみ

めしいなる身は美しく冷たかりきあわれ紅散らす雪降る夜に

段ボールにみどり児入れて砂に胸にうずめて車砂漠を行くか

雨しきり陰気にひしめく乗客の文字盤の時刻ストレスの位置

札束の一万円の美と重みやまいに疲れし美徳のかの友

わが命三千万円差し引くにとビールをあふる夜を行く学友

Chocolate に英語もとろけ Coffee の香りに夢む Peerless の友

語る友汝れは全真理判断すか快不快のみぞバロメーターならん

人を殺し掟のがれて金を得ば何か咎めん心か面《おも》か

汝れ神なれ好意は返らず処刑すべし共存の理ぞ安眠《やすい》ならなくに

知らざれば見て聞かざれば受けざれば胸しびれけること繁き夜ぞ

かさかさと枯れ葉鳴りにきかさかさと枯れ葉鳴りにきわれ独りなりき

セミもなくツクツク法師日一日今日われさまよう公園の秋

夕方の真直ぐなる道行き行きて静けき散歩日々《にちにち》つとむ

風吹けば左右の塀に木々そよぎ葉ずれかそけく茜に歩む

夕茜の船岡山の公園の石のベンチのみやこ人かな

時の針傷は縫うとも癒えざらん心ならんか鳩とひた鳴く

トゲ刺せば暗き波間にただよいてむせぶヴィオロンとともに響きね

ポケットのウイスキー出して暗き夜寒山吹色に心暖む

けぶり立ち雲と昇りて彩りて炎と燃えて金属尽きぬ

竹筒の青き三尺二つに割り四つ八つに裂く歯痛の日かな

薄暗き便所の板片《いたへん》にひきがえるしばし正座しひょうひょうと浮く

死の凝視永遠に閉じずひな一羽暗き流れの臭気漂う

汲みもあえぬ糞《ふん》壺めきて此処タブーの敗心《はいしん》暗きわが意見の場

木草めきて芽吹き芽吹きて赤き舌の千葉《ちば》傾ぐらし空虚なる胸に
手もすべる白き大皿フォーク・ナイフ肉鮮明に野生の本能
まろやかに熱き血潮の充足をももに型どるジーレンの体《たい》
（ジーレンとはホメロスの「オデュセイア」の余白に現れる水の精。
女体のまぼろし）
魂《たましい》よ神にかけぬか無間《むけん》の谷駿馬のごとくいざ越えまほし
傷つきて谷間に吼ゆる獅子と見きユダなるかと見き冷たき鏡に

悲しきに忘れし讃美歌うたい出ず祈りの心おのずから来て

みずからを助くる者のみ助くという神の掟の厳しかりけり

風をいたみ沈むばかりの小舟《さおぶね》の頼るすべなし主よ守りませ

天地《あめつち》の底なるエホバいつの日か日を経てへだつ壁を砕きぬ

ほの匂う疲れにひたる湯の中にうつらうつらに生けるぞ悲しき

まず石ありめしいなるわれ白杖に命をかけて横断し道行く

降る雪のくずれて落つる夜の底ひと葉ひと葉の響きにけらし

更けゆけば街に心に雪積み積む汚れを忘れそこはかとなし

絵のない絵本

透明になみなみ満つる
この心のグラスの水に
鮮やかにひろごり沈む
イメージのひとひらのルージュ
誰が涙の一編の夢か
故なきに香りも高き
ピースくゆらす

反歌

南国の日影透かせるソテツの葉青き旋律青き輝き

芭蕉葉の水めく線の広ごりに赤と緑の季節添えにけり

透明の鯛波に流されまた泳ぐ赤きその目に命光りけり

告白

天井にその倦怠の
ひからびたる肝臓をつるす
台風のビルの一角の
彼らの生活

反歌

育児するは身を食わすこと生くること中絶三たび三たびの改悛

貞節とは奴隷的追憶あおし悲しタコめきし口の身と愛を食う

なだれ　ロープ　雪山登るサケの汗怒りの汗なお雪踏み雪見る

鬱積の夏のごみためシガレットを下水に投げし火の消ゆる音

地獄　第一楽章

水明りのまみあわあわし
しなやかなる媚態に魅せられ
入り行けば鏡底なく
水明りのまみあわあわし
かわずめく皮膚の触覚
リンゴの香の猫声の愛撫
水明りのまみあわあわし
恍惚の蛇毒の麻酔の
シンフォニーの永遠の末節の

炎の地獄

反歌

花嫁の秘密の鏡に幼児は部屋めずらかに心吸われぬ

地獄　第二楽章

ほのお燃ゆ千筋の神よ
おお、わがエバすべては失せぬ
陥穽の底なき汝が目に
明日の日も夢も命も
ほのお燃ゆ千筋の神よ
焼き尽くさん汝が身のにおいに
歌わまし地獄の宴
明日の日の夢を命を
ほのお燃ゆ千筋の神よ

いつの間にわれらが骨《こつ》を
打ちたたき嵐に叫ぶぞ
明日の日の夢を命を
エバとアダムよ

反　歌

埋もれたる骨の臭気にまどろめば今こそ汝れは尊大にあれ

地獄　第三楽章

暗黒の衣纏うか
汝らよいずくにかある
嵐行く叫びはあれど
暗黒の衣纏うか
たけり狂い塀・壁を砕き
われ倒す力はあれど
暗黒の衣纏うか
汝らよいずくへか行く
家を捨て休みもあえで

いずくへか行く

反歌

大切なるマッチなれども火はつかずあたため擦れどマッチはつかず

昆虫

六つの罪甘き羽音に輝きて高ぶりの口の密も糞もなく

闇の予言後難艱苦の電撃の果実に触るる昆虫の触覚

憂鬱の対立われへの憎悪雄《おす》も喰らいくすぶりつつも光るを夢む

氷結のおぞましき生理のひたむきに時間の影に車輪あざむく

まなこ据え時影に響く羽を擦り闇つづめ行き光と溶けぬ

田の石の身内《みぬち》青臭く蛆わきてみたけを越えて羽虫の影飛ぶ

黄なる蝶つつましう粱に天の美よ下界の瞬時に真の美さりぬ

固き幹に蝉のとどむるすすり泣き地を出でて空《くう》に歌いし見よ空蝉を

ゆめどこ（意識の流れ連作）

ぎしぎしと　はしらむし　なく　べにいろの　つき　かすみ　のこり　「かわせみよ」と　さる

ぎしぎしと　はしらむし　なき　ふすと　くぎ　あしを　つらぬく　「いな」　あに　「たけだ」と

ぎしぎしと　はしらむし　なく　えんたぷらい　さて　また　げん　なし　一わすうなりと

ぎしぎしと　はしらむし　なく　かなしき　しま　いかにか　むかえん　まずしき
しまよ

ぎしぎしと　はしらむし　なく　ぼくし　かぞく　せいかつに　やぶれぬ　きこく
ごは　いかに

ぎしぎしと　はしらむし　なけ　なお　あな　ほる　ざせつ　また　ざせつ　すな
の　あなぞこよ

ぎしぎしと　はしらむし　なく　あいも　いえず　ひていも　しえず　どもりて
いるに

ぎしぎしと　はしらむし　なく　きれや　かけらの　ふくろ　せおいたる　フーテ
ンの　ひ　一にち

ぎしぎしと　はしらむし　なき　うまし　うまし　ちぇりーぶらんでー　ねおんの
うみは

ぎしぎしと　はしらむし　なき　「こんや　ひとよ　べっどに　おまちす」と　は
て　ほうそうげきか

ぎしぎしと　はしらむし　なき　「もしもし」と　かっぱめが　みらいに　よびか
ける　でんわ

ぎしぎしと　はしらむし　なく　はいうえいか　にっぽん　じゅうだんの　あいの
そうこう
ぎしぎしと　はしらむし　なく　べにきのこ　くらい　てんに　のぼれ　おおわら
いして
ぎしぎしと　はしらむし　なく　かわせみよ　わが　ふにく　くらえ　かの　くち
ばし　もて
ぎしぎしと　はしらむし　なく　てに　とらえ　めを　くりぬきし　げんぞうを
おそる

ぎしぎしと　はしらむし　なき　とろとろと　くされし　にく　なめる　かわせみ
の　ほね

ぎしぎしと　はしらむし　なく　やくしま　すぎ　それに　はしだて　ふね　きし
ゃの　たびよ

ぎしぎしと　はしらむし　なき　きの　もうふ　その　した　いきづく　うみは
よごれず

ぎしぎしと　はしらむし　なき　せが　たかい　あおめの　かぜ　まわる　ぐるぐ
ると　はやく

ぎしぎしと　はしらむし　なき　ねつに　うき　つばめと　さえずる　たばこ　こぼしつつ
ぎしぎしと　はしらむし　なき　はい　ふりて　はいとの　がいどう　しびとらどらいぶ　す
ぎしぎしと　はしらむし　なき　あめの　とう　かの　とう　おと　たて　わがうえに　たおる

靴

この靴二千円なりま新しくデパートさながらにわが所有する

履けとばかり備えてくれぬ靴擦れして履きなれし靴の音と異なる

わが履けばわが音たつる靴なればいま丹念に磨いて行かん

土

土の香のうら恋おしきに古里に帰らん母よけだし汚れて
ひとにぎりの清潔なる土やわらかにいのちと燃えん暖かくやさし

【真喜屋仁氏　年譜】

本名　真喜屋　実蔵
写真は大学入学時の写真

昭和十三年九月十八日
・沖縄具志頭村港川に生まれる。家族は父、母ツル、兄実二、のちに妹徳江が生まれる

昭和十九年六月（五歳）
・母、妹とともに台湾へ疎開、苗栗（びょうりつ）県銅鑼（どうら）小学校入学

昭和二十年五月五日（六歳）
・父戦死

昭和二十二年（九歳）
・小学校二年生のとき沖縄豊見城村にあるテントの収容所へ引き上げてくる。隣の子からも

らった不発弾をもって兄と二人で遊んでいる
うちに、暴発、失明、兄も大けがを負う

昭和二十六年八月（十二歳）・沖縄盲聾学園開校、一年生に入学

昭和三十二年四月（十八歳）・中学部進学

昭和三十五年三月（二十一歳）・中学部卒業

昭和三十六年四月（二十二歳）・京都府立盲学校高等部普通科入学

昭和三十九年三月（二十五歳）・京都府立盲学校卒業

昭和三十九年四月（二十五歳）・早稲田大学第二文学部日本文学科入学

昭和四十三年八月十五日

（二十九歳）・没

※この年譜は、兄実二氏の談話をもとに作成した。

歌集『春想』上梓のいきさつについて

塩谷　治

沖縄出身の真喜屋実蔵氏が亡くなられてすでに四十五年がたった。この遺稿集をご覧になる方は、なんで今頃になってと、いささか戸惑いを覚えられるかもしれない。今頃になった責任は、ひとえに遺稿をお預かりした私にある。

私は、早稲田大学時代の真喜屋氏と同じ日本文学科のクラスに在籍し、四年間真喜屋氏とお付き合いをさせていただいた。皆さんご存知のように、真喜屋氏は、昭和四十三年八月の終戦記念日に、東京の目白にある「千歳橋」から飛び降り、自ら命を絶たれた。兄実一氏と遺品を整理している際、遺書とともにこの『春想』の原稿も出てきた。原文はいずれも点字だったので、とりあえず点字のわかる私がお預かりし、墨訳（点字を普通字に直すこと）をすることにした。墨訳したものはのちに沖縄の兄実二氏のもとに送り、もう一部写しを作って手元に置いていた。

実は、この『春想』については、生前真喜屋氏に頼まれて、一度墨訳をしたことがある。レポート用紙に墨訳したものを私が改めて逐一読み上げながら、漢字の確認などしたメモが残っている。

真喜屋氏の死後出てきた歌集は、基本的にはこの時の作品を中心にまとめてあったので、その大半は墨訳可能であったが、いくつかの作品については私が初めて目にするものもあり、どうしても漢字の当て方が分からないものも出てきた。特に「ゆめどこ（意識の流れ連作）」は生前触れたことのない作品で、難解な語句も多いため、墨訳することはほとんど不可能であった。

分からないところは私の解釈で一応原稿用紙にまとめては見たのだが、作者の意図も分からないまま、これを出版という形で世に出すべきかどうか、私には判断できなかった。早稲田大学教授で著名な歌人でもあるK先生などにもみていただいたのだが、先生も、作品数が少ないなど、いろいろな意味で出版という形に対しては消極的であった。このような状況で、どうしたらよいか決め手のないままいたずらに時が過ぎ、原稿だけが私の手元に残った。

それでも何とかしなければという思いは絶えず私の気持ちの中にはあって、真喜屋氏の死後二十年が過ぎた昭和六十三年の春には、思い切って沖縄を訪れ、母ツルさん、兄実二さんをはじめ、沖縄盲学校時代の同級生、恩師の方々などにお会いして、いろいろご相談もし、真喜屋氏の生い立ちなどについての話も伺った。何かきっかけがつかめないものかと思ったのである。しかし、結果的には、これらの作業もこの作品集を形にすることの決め手にはならなかった。

そうこうするうちに、私は、真喜屋氏とのお付き合いが機縁で長年勤めることになった盲学校を退職し、さる社会福祉法人で働いていた、平成二十四年四月、突然「悪性胸膜中皮腫」というおどろおどろしい病名を宣告され、人生そのものを中断せざるを得ない事態に追い込まれることになった。幸い治療の効果があって現在はやや落ち着いているが、そうしたこともあって、いろいろ身辺整理をする中で、またもやこの歌集の原稿だけが残ってしまった。

はて、どうしたものかと思いながら、もう一度原点に立ち返って、何をどうすれば真喜屋氏の気持ちに添えることになるか考えてみた。

私は、当初、この作品集を歌集という形で出せないなら、真喜屋氏の生い立ちをまとめて、その生い立ちの点景として作品を配置しよう考えた。しかし、関係者の話を集めれば集めるほど、それが極めて困難なことであることが分かってきた。当然のことながら、集中の作品にもあるように、あの苛酷であった沖縄戦のことが絡んでくるし、特殊な状況の中で、他言を憚るようなことがいくつも出てくる。真喜屋氏自身の生い立ちのエピソードのうち、どの一場面を切り取ってみても、これらを公表することは、真喜屋氏の性格からして決して快しとはしないだろうと思われてきた。

考えてみれば、この作品集を歌集として出版するのは難しいという判断は、どこから出てきたのか。一つには、難解な作品が多いことと、一部の作品については漢字の当て方が分からず墨訳が不可能という障害もあるにはあった。また、歌集として一冊にまとめるには、あまりに作品数が少ないということもあった。しかし真喜屋氏は、この歌集を残すにあたって、一度私に作品の墨訳を頼んでこられ、死の一か月前には、これらをさらに補足し整理しなおして点字の原稿を残されたのである。

ということは、少なくとも真喜屋氏はこれらの作品を公表するという前提で書き残していったことは明白であると考えてよい。出版などという大げさなことは難しいにしても、せめて少数部数を印刷して、関係の方々にお配りしたい。それが最も真喜屋氏の志にかなうことであろう。長年逡巡したあげく、私の結論はそういうきわめて単純なところに落ち着いたのである。

しかし、あまりにも時がたちすぎてしまった。母ツルさんも妹徳江さんも今はこの世になく、最も敬愛していた兄実二さんとも連絡が取れない状態となってしまった。関係者といっても、果たしてどれだけの方々にたどり着けるか不安ではあるが、できるだけ多くの関係者にこの本をお届けして、遅くなってしまったことへのお詫びとしたい。

追記

この歌集の点字印刷等ついて、かねてからご懇意いただだいている社会福祉法人桜雲会の甲賀金夫氏にご相談していたところ、墨字版（普通字版）、点字版ともに、同法人から出版という形で世に出して下さることになった。思わぬご好意に心から感謝申し上げたい。

平成二十五年二月十五日

『春想』

平成二十五年二月十五日発行

著者　真喜屋《まきや》仁《じん》

監修者　塩谷《しおのや》治《おさむ》

発行所　社会福祉法人桜雲会

郵便番号　一六九-〇〇七五

所在地　東京都新宿区高田馬場四-十一-十四-一〇二

電話番号　〇三-五三三七-七八六六

印刷所　みつわ印刷株式会社

郵便番号　一三五-〇〇三三

所在地　東京都江東区深川二-十三-九

電話番号　〇三-三六三〇-九二一一

定価　本体二、六〇〇円＋税

ISBN978-4-904611-22-7